作者介绍

韦苇

　　江南浙中人。儿童文学史家，诗家，作家，译家，教授。长期授业于大学文学院，享受国务院政府特殊津贴。著作有《世界儿童文学史》《世界童话史》等，童诗诗集被列入名家丛书和百强童书。长期劳心劳力于世界儿童文学精典之普及。国家新闻出版署委托主编的《世界经典童话全集》（20卷）获国家出版奖，《儿童文学精典伴读》被列为幼师类高校教材。诗、散文、故事等多件作品和译品被收入幼儿园、小学、中学、大学的各类教材，并被聘作义务教育教材编审委员会委员。

世界童诗 100 首

韦苇 译著

长江出版传媒
长江少年儿童出版社

图书在版编目（CIP）数据

世界童诗 100 首 / 韦苇译著 . — 武汉：长江少年儿童出版社，2024.1

ISBN 978-7-5721-3501-9

Ⅰ.①世… Ⅱ.①韦… Ⅲ.①儿童诗歌－诗集－世界 Ⅳ.① I18

中国版本图书馆 CIP 数据核字（2022）第 168317 号

SHIJIETONGSHI100SHOU

世界童诗 100 首　　韦　苇　译著

出 品 人：何　龙		**装帧设计**：王　贝	
策　　划：姚　磊　胡同印		**责任校对**：莫大伟	
责任编辑：胡文婧		**督　　印**：邱　刚　雷　恒	
内文插图：视觉中国			

出版发行：长江少年儿童出版社
邮政编码：430070
网　　址：http：//www.cjcpg.com
承 印 厂：湖北金港彩印有限公司
经　　销：新华书店湖北发行所
开　　本：889 毫米 ×1194 毫米　1/24
印　　张：10.25
字　　数：110 千字
版　　次：2024 年 1 月第 1 版
印　　次：2024 年 1 月第 1 次印刷
书　　号：ISBN　978-7-5721-3501-9
定　　价：58.00 元

献给我的读者

一百首活着的诗

在亚洲儿童文学大会上，林焕彰先生与我欣喜相逢。我们算是诗创路上相偕而行的老伙伴了。依往常规矩，他总是要送我样什么东西作晤面纪念。这回他要送我什么呢？他从他的提包里摸出一小方画纸，问我生肖属什么。我说我属狗，他立即三下五除二给我画了一条狗——一条有点儿像马的狗。又似乎觉得这条类马狗毕竟与诗没有直接关联，他遂而从提包里摸出一张卡片纸，还是三下五除二，给我写了他一直耿耿于心的诗宣言：

> 活着　认真写诗，
> 死了　让诗活着。

让自己的诗活着，应该是所有写诗人的心愿吧。但是自己的诗能不能活着，活多久（且不说不朽），不是凭诗人自己的意愿可以决定的。诗所蕴蓄的生活内涵和艺术内涵，诗所具有的意象独创力、诗想独创力和韵味独创力，决定着诗的品质，决定着诗的生命活力，决定着诗的历时保鲜度。写诗的人都知道"让诗活着"有多么不容易。竭尽心智写出的诗，能活着的，尤其是能长久活着的，只能是其中的一定数量；诗的金粒，诗的珠贝，诗的瑰宝，灿然耀人眼目的，能闪光于历史长河的，只会是诗中的少许。只有如林焕彰这样的诗人，对自己的诗有足够自信力的诗人，才敢把"让诗活着"的誓言宣示出来，同诗友共相勉励，让公众、让时空来检验他的诗。

我国写诗的人中，曾专修过外文的应不多。我的专业所长使我有机会、有幸从外文书刊里读到各国的优秀童诗。长年累月地读，成百上千地读，饶有兴味地读，孜孜不倦地读，严格挑剔地读，比较、鉴别、筛汰、淘选，唯愿有朝一日能把长留我心间的异邦好诗奉献于国人。我译收在这里的都是活着的诗，生命力强韧的诗。流传的广泛性和流传的历时性，就是它们活着的表征。

从这些诗章的字里行间，我国读者会很容易读出它们的异质感、别样感、陌生感。这正是我所特别在心和在意的。诗的多样化在我国是一个长久的渴缺。我希望读者在我的努力中能够感受到我对多样化急切的吁求：希望通过这集诗，读者朋友能与我一起多多关注海外诗人对新颖、机智、别致、谐趣、俏皮、幽默、戏谑、调侃、游玩、乐活的追求。在意蕴上和艺术上，它们一定会带给我们不一样的感动；在多样、丰富的呈现方式上，它们一定能给我们提供卓异的启示，为我国童诗求新求变提供可资参照的门径。有它们在中华大地上流传，借以发展、繁荣我国的童诗，这样才会有更喜人的局面可以让我们憧憬，与域外童诗对话也才会更流利、更顺畅。

这本诗集当头两个字是"世界"。世界理当包括中国。所以，诗集的第一辑里就收了林焕彰先生的《小猫走路没有声音》，也算是对林焕彰"让诗活着"的一种呼应、一种确证。

我相信我遴选在这个集子里的都是饱壮的诗种子。

我相信这个集子的读者都是一方方肥沃的诗土地。

我相信饱壮的诗种子都会在肥沃的诗土地里生根、发芽和开花。

韦　苇

2023 年春　于丽泽湖畔

我倔强地摇响我的驼铃

——献给年轻轻的朋友们

韦 苇

我是一峰骆驼。

荒沙和漠风

教会我倔强。

而我终于是倔强的。

我倔强地摇响我的驼铃。

古老的土地上留下了

一窝一窝的我的脚印。

今天横风来把我的脚窝抹去，

哦，我会证明风是徒劳的，

明天请再来看我的足迹，

我的足迹又嵌上了

我茫茫的前程。

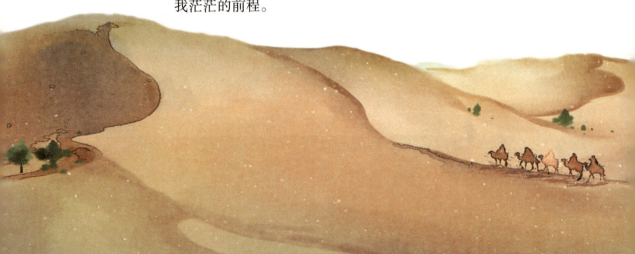

我的驼峰里
贮满了油脂和水分。
我从来觉得我是富有的——
不需要恩赐，
不需要乞讨，
不需要怜悯，
不需要为了一点残羹冷炙
去讨取他人的欢心。

我知道我的背上驮的
绝然不是强盗的赃物，
也没有叮当作响的金币
可以招徕贪婪的眼睛。
我驮的是种子，
去播撒我的春天；

我驮的是水，
去泼起我的彩云；
我驮的是太阳，
去点燃我灿烂的黎明。

我是一峰骆驼，
我倔强地摇响我的驼铃。

1982 年秋

目录

小猫的鞋子是妈妈用最好的皮子做的，

小猫爱惜它的鞋子，

小猫走路轻轻的，

小猫走路没有声音。

［英国］罗·斯蒂文森

献给我的妈妈

哦，妈妈呀，亲爱的妈妈，
我的诗会让你想起早年那时光，
一读它们，你的耳畔就会响起
我在地板上走动时噗嗒噗嗒的声响。

天上星星有多少

天上星星有多少呀！
地上车轮有多少呀！
鸟儿羽毛有多少呀！
树上叶片有多少呀！
而太阳只有一个，
而亲娘只有妈妈！

〔中国〕林焕彰

小猫走路没有声音

小猫走路没有声音，
小猫穿的鞋子
是妈妈用最好的皮做的；

小猫走路没有声音，
小猫知道它的鞋子是
妈妈用最好的皮做的；

小猫走路没有声音，
小猫知道它的鞋子是
妈妈用最好的皮做的，
小猫爱惜它的鞋子；

小猫走路没有声音，
小猫知道它的鞋子是
妈妈用最好的皮做的，
小猫爱惜它的鞋子，
小猫走路就轻轻的轻轻的；

小猫走路没有声音，
小猫知道它的鞋子是
妈妈用最好的皮做的，
小猫爱惜妈妈做的鞋子，
小猫走路就轻轻的轻轻的：
没有声音。

［孟加拉国］奥·坎季希拉尔

好险哪

蚊虫追着我咬！
叮得我受不了，
我逃向森林，
哪怕让老虎吃掉！

森林边上好吓人——
老虎脚印一长串，
幸好旁边有条河，
我跳进河里能脱险。

岸上有人对我喊，
河里鳄鱼会吃人！
我赶紧上岸向田野跑，
田野总该没有危险。

田野到处有黑洞，
大蛇藏身洞里面，
我赶紧跑到大路上，
大路宽畅又平坦。

一条大黑狗看见我，
汪汪叫着追过来，
两排獠牙白生生，
恶狠狠地张大嘴。

我连声喊叫："妈妈！"
一边喊叫一边往家跑，
大黑狗在我身后紧紧追，
差点儿咬到我的腿脚。

妈妈听得我大声惊叫，
急急奔出家门把狗赶跑，
我紧紧偎依在妈妈身边，
就什么都不用怕了。

［捷克］弗·齐普季柯娃

蒲公英

太阳
逗孩子们玩,
将蒲公英
当作黄灿灿的金币,
大把大把地
抛撒在草坪上。
我采了一大捧,
编成一个蒲公英花环,
戴在自己头上。
当我回到家里,
妈妈看见我不由得愣住了,
她简直不能相信自己的眼睛,
她抬头望了望天空——
莫不是那轮暖融融的太阳
走进自己的家,
来到了她的眼前?

[俄罗斯] 米·萨多夫斯基

向谁学什么

向谁学什么？
向黑莓学细枝挂甜果，
向椋鸟学边飞边捉虫子，
向风学梳理坡上的青草，
向田野学长满庄稼，
向乌云学贮蓄雨水，
向太阳学照耀每个角落，
向大象学频频点头，
向爸爸学哼着小曲儿干活，
更别忘了要学妈妈那双手——
那双手多灵巧，多麻利呀，
从早到晚没有不忙碌的时候。

［俄罗斯］阿·巴尔托

我和爸爸

我跟着爸爸
来到郊外一个大湖上，
我跟着爸爸
两人划一条小船。

突然刮起大风，
爸爸急忙划桨靠岸，
我跟着爸爸，
全不用怕哗哗掀起的水浪。

〔俄罗斯〕伊·托克玛柯娃

买葱

买葱哟，水灵灵的葱！

买香芹哟，买胡萝卜哟！

买下我们这个小丫头——

又不安分，又爱说谎！

葱我们不要，

香芹、胡萝卜我们也不要，

就要你这个不安分、爱说谎的小丫头！

〔捷克〕弗·赫鲁宾

秋天的云彩

天上有一小片云彩，
只够小姑娘做件小汗衫。
后来刮起了风，
风又收拢了几片云，
好了，现在大得够妈妈做一条裙！

〔俄罗斯〕雅·阿肯姆

长大了我做什么

长大了我要做一个牙医，
我对所有病人都会微微笑。
"小乖乖，你别动，瞧这颗乳牙，
本来就快要脱落了。"

长大了我要做一个售货员，
我会天天对顾客和和气气。
"阿姨，您请过来看看，
这件衣服准适合您的儿子。"

长大了我要做一个理发师，

我把小姑娘的辫子剪下，

然后把她的头发梳理得又整齐又飘柔，

再给她别上个毛茸茸的小熊发夹。

长大了我要做一条狗，

钻到黑黢黢的床底下，

把紧紧躲藏在那儿的拖鞋叼出来，

交给我正着急寻找它们的爸爸。

火 箭

瞧那天上的彩虹，

像弯弯的缎带一样好看，

瞧那天上的彩虹，

像一条长长的七色地毯。

只要坐上火箭，

我就能飞上彩虹。

我要自己动手，

来把火箭做成功。

我要沿着七彩路，

去天上摘来一颗星星，

我把摘来的星星装在藤篮里

带回到地上，

在家门口喊一声"妈妈"，

然后举双手把篮子捧给她。

〔智利〕伽·米斯特拉尔

我不希望

不，我不希望
我的女儿将来成为一只雏燕。
她一旦飞上天空，
就不会回到我的身边；
她把巢筑到屋檐下，
我还怎么给她梳小辫……
不，我不希望
我的女儿将来成为一只雏燕。

不，我不希望

我的女儿将来成为一位公主。

她穿上华贵的金丝鞋，

还怎么在草地上纵情嬉戏?

到了夜晚，

她就不能再在我身旁安睡……

不，我不希望

我的女儿将来成为一位公主。

不，我不希望

我的女儿将来当上女皇。

在鼓乐声中被拥上宝座，

她的宫殿不是我能去的地方，

夜晚她睡觉时，

我也不能将她轻轻地摇晃……

不，我不希望

我的女儿将来当上女皇。

［摩尔多瓦］勃·沙霍杰尔

是大还是小

儿子想要
远足去山野。
母亲说：
"不可以！
你还小，
等大些也来得及！"

儿子哭起来，
一把眼泪，
一把鼻涕。

母亲说：

"这么大了，还像小姑娘，

哭哭啼啼的！"

瞧这大人说话，

说我小说我大，

都是她的理！

27

［塞尔维亚］德·鲁凯奇

请　求

我请求 25 路公交车

把我的爷爷

带到我家来！

我的爷爷，

他从来没有见过公交车。

他会很担心，很害怕，

要知道，

他这辈子

只走山间的小路，

多窄、多陡的山道，

他闭上眼睛都能走，

而汽车他从来没见过！

开 25 路公交车的叔叔，

要是您见到他，

就请求您告诉他

到我们家该怎么走。

我的爷爷，

他会戴一顶节日的帽子，

穿一件老式的夹克，

眼睛总是笑眯眯的，

他的心肠可好了，

他来看他的小孙子，

手里会拿一个

红彤彤的苹果。

【乌克兰】依·佛龙科

没有比家乡更好的地方

仙鹤仙鹤脆亮地叫，
边叫边转着圈儿飞，
它飞呀飞呀它不停地飞，
全不管翅膀飞得有多累。

我们对仙鹤大声问：
"仙鹤仙鹤，你飞过的地方哪儿最喜欢？"
仙鹤边叫边回答我们：
"再亲也亲不过娘生我养我的地方！"

贝尔格莱德出了乱子

［塞尔维亚］德·鲁凯奇

出了乱子！
出了乱子！
全贝尔格莱德
这样惊惊惶惶。
人人都在说：
有一头可怕的狮子
不久前
从动物园里
跑到外面。

所有汽车，
所有电车，
所有大车，
所有小车，
都像兔子一样，
逃开去躲藏！

求狮子没有用，
唯一的办法是
逃快一点！

爬窗的爬窗，
进屋的进屋，
快点！
快点！
谁跑得这么慢？
唉，这个不要命的家伙！
瞧那百兽之王
来咬你的屁股！

叫呀，
嚷呀，
哇啦哇啦，
都进了房。

然后从窗口
往外观望。
这里那里，
谁的心里都在嘀咕：
现在顶顶要紧的是
别叫狮子饿得慌！

瞧面包师，
把大堆大堆的
美味小面包
全扔给狮子：
吃吧吃吧，
百兽之王，
可别来咬我们！

糖果店的老板
把大堆大堆的巧克力、
果子冻
都扔给兽王：
吃吧吃吧，狮子，
吃果子软糖！
可千万别
吃人！

然而，狮子
什么也不吃，
它文文静静地
走进了电影院，
它温温和和地
坐在观众席上，
专心一意地
看那从它老家非洲
拍来的电影。

［英国］米·米利罕

小 象

我忽然碰到一头小象，

在伦敦的街头，

它说它要去别克利斯特里，

不知道该怎么走。

"别克利斯特里是非洲的一片丛林，

坐落在塞内加尔河的河畔。

这里是英国，"我说，

"您怎么会来到这个地方？"

"看来我是走错地儿了。"
小象小声地回答，
"我怎么才能到火车站，
买张票好回到我的非洲老家？"

公交车把小象拉到一个站，
这个站叫作沃克斯霍尔，
这时小象往南面一望，
忽然发现它应该往北。

它想往家里挂个电话，
就急急走向电话亭，
然而它的个子太大，
电话亭的门它死活挤不进。

这时来了几个警察，
说小象违反交通规则了，
他们逮住了它，
不交罚款就要抓它去坐牢。

他们在小象的额头上
贴了一张罚款单，
然后拿出一条链子，
把它拴在电线杆上。

第二天，天才蒙蒙亮，
警察去看他们拴着的小象，
他们见链子倒是在，电线杆也在，
就是没了小象的踪影。

小象在伦敦找非洲，
当然是总也找不到的，
幸好它找到一架飞机，
飞机送它回非洲就不是一件难事。

小象走进了飞机的机舱，
它一落座就睡得呼呼作声，
猛然醒来，它喜兴兴地叫起来：
"这就是我的别克利斯特里丛林！"

[俄罗斯] 伊·托克玛柯娃

鱼儿睡在哪里

夜里很黑。夜里静悄悄。
鱼儿，鱼儿，你在哪里睡觉？

狐狸往洞里躲。
狗钻进了自己的窝。
松鼠溜进了树洞。
老鼠溜进了地洞。
可是，河里，水面，
哪儿也找不到你的身影。

黑咕隆咚的，静悄悄的，
鱼儿，鱼儿，你睡在哪里？

〔俄罗斯〕伊·托克玛柯娃

小　熊

下雪啰，

整个山上雪呀雪，

下雪啰，

整个山下雪呀雪，

下雪啰，

枞树上面雪呀雪，

下雪啰，

枞树下面雪呀雪。

雪下小熊睡得香，

轻点，轻点，

安静，安静，

小熊做梦甜又甜，

轻点，轻点，

安静，安静……

挨　着

小山羊挨着大山羊，
小鸡子挨着大母鸡，
小苹果挨着大苹果，
我偎在妈妈怀抱里。

小 象

小象，小象，
小象鼻子长，
鼻子长，鼻子长，
为什么你的鼻子这么长？

你去看，你去看，
看我妈妈的鼻子，
就长长的
拖到地上。

小象，小象，
谁是你的最喜欢？
说说看，说说看，
谁是你的最喜欢？

最喜欢，最喜欢，
我想想，我想想，
当然是我妈妈啰，
妈妈是我的最喜欢。

我往信封里装进羽毛一片，

你一拆信就能听到

叽叽的鸟叫声。

[西班牙]弗·洛尔伽

歌 声

快乐的孩子
跑出学校的大门，
给阳春四月天
带来了歌声。
沉寂的街巷，
平添了明朗的欢欣！
静谧被银亮的欢笑
撞裂成无数的碎片。

［比利时］莫·卡莱姆

我学写字

当我学着写"小绵羊"，
一下子，树呀，房子呀，栅栏呀，
凡是我眼睛看到的一切，
就都弯卷起来，像羊毛一样。

当我拿笔把"河流"
写上我的练习本，
我的眼前就溅起一片浪花，
还从水底升起一座宫廷。

当我的笔写好了"草地"，
我就看到花丛中忙碌的小蜜蜂，
两只蝴蝶旋舞着，
我挥手就能把它们兜进网中。

要是我写上"我的爸爸"，
我立刻就想唱起歌儿蹦几下，
我个儿最高，身体最棒，
什么事我都能干得顶呱呱。

给你写信

我往信封里装一张纸，
信纸上什么字也没有写。
信纸里只包一片柳叶，
能让你闻到春天的气息。

写上你的地址，
写上你的姓名，
找到那草绿色的邮筒，
我邮出了我的信。

你收到我的信，
你会打心坎里高兴，
一个朋友惦念一个朋友，
这是世上最暖心的事情。

你一定会立刻给我回信！
你什么也不用写，
你就往信封里装进一片羽毛，
我一拆信就能听到叽叽的鸟叫声。

［乌克兰］允·莫丽兹

铅 笔

有这么一支铅笔，

一头红，一头绿，

它一路走一路画，

画盏绿色信号灯：

车都停下来，人快快走；

画盏红色信号灯：

人都站下来，车快快跑；

一画绿叶，就是四月了，

一画红叶，就是十一月了；

画出一双蓝眼睛和一副红脸蛋，

一个小姑娘立马就站眼前了。

小姑娘拿起铅笔，

画蓬绣球花红艳艳，

还画出了一棵圣诞树——

红果果儿挂满枝叶间！

［俄罗斯］叶·娜莎萝娃

狗的快乐

外面秋雨淅淅沥沥，
我在湿漉漉的草地上跑。
我通身觉着凉寒呢，
又苦于谁也不理睬我这狗。

幸好柯利亚是我忠心的朋友，
有这样一个好朋友也就足够。
早上他会给我一块油饼吃，
这会儿他正在学校里听老师讲课。

我在学校大门外走来走去，
就等着柯利亚应着铃声放学；
柯利亚一跨出学校大门，
我就立刻向他迎上前去。

我们亲亲地紧挨着一同回家，
家里的饭菜香气阵阵扑鼻，
这时他就会说："你先前头跑，
告诉妈妈我已经放学回来！"

〔英国〕罗·斯蒂文森

荡秋千

荡秋千真是太好玩，
哦，一荡再荡荡上天！
我好像已经高高飞起来了，
周围的一切都随我腾上云空。

我的秋千荡得比屋墙还高，
在空中我什么都看得见：
我看见了村边青青的草地，
还看见了小河、树和牛羊。

我让秋千再往上摆荡，
我要从更高的高处朝下看，
我会看到我们家的屋顶，
还会看到我们家的花园。

［英国］罗·斯蒂文森

小船儿漂往哪里

金色的沙滩上，
小河流得匆匆，
河水永不停息日夜流淌，
两岸树木却一直站着不动。

我把树叶船一条接一条
放进流淌的河水任它们漂，
它们会在哪儿停下来呢？
它们漂去的地方可有城堡？

我的小船随河水绕过磨坊，

磨坊遮挡了我的目光，

河水流过山谷又流过山丘，

直流到无边无际的海洋。

在那远远的远远的远方，

谁会先看见我做的小船？

一定会有哪家男孩或女孩，

把它们从河里捞到他们手上。

[英国] 罗·斯蒂文森

风　哟

你往高空扬起我的风筝，
把风筝轻轻托向蓝天；
你从我身边飞快地跑过，
像裙摆儿掠过绿茵茵的草坪。
　　风哟，你纵声放歌在旷野间，
　　风哟，你从来不知道疲倦！

我看见，你天天四处奔忙，

却没有人看见过你的身影，

你吹着口哨摇晃树枝树叶，

可你在哪里？你的模样到底什么样？

　　风哟，你纵声放歌在旷野间，

　　风哟，你从来不知道疲倦！

你有时候轻弱有时候威猛，

谁也猜不准你是老人还是青年，

你是野兽吗？你是林鸟吗？

你是顽童吗——比我更强劲？

　　风哟，你纵声放歌在旷野间，

　　风哟，你从来不知道疲倦！

[英国] 罗·斯蒂文森

秋野篝火

秋野里我们燃起篝火，
腾起的烟带飘得很远很远，
缭绕在丛林里，
袅袅在山谷间。

花树和草丛
都笼罩在篝火的黄烟中，
连远处高耸的灰塔
看起来也朦朦胧胧。

这是歌唱的好时候，
我们个个放开喉咙：
欢唱夏日繁花铺锦，
欢唱秋野篝火熊熊。

［英国］罗·斯蒂文森

海员在歌唱

笑容满面的海员在鸟窝边歌唱，
歌唱鸟儿下了一窝花斑蛋。
海员歌唱自己长翅膀的朋友，
勇敢地在浪涛间穿掠飞翔。

日本的和西班牙的孩子，
和着海员吉他琴的节拍歌唱，
早晨蒙蒙细雨下呀下个不停，
他们歌唱鸟儿下了一窝花斑蛋。

[捷克] 弗·赫鲁宾

纸鹞

我有一只纸鹞，
它飞起来可有劲，
我很想跟它一同纵身飞起，
高高飞到云端。
从高处我会看到屋顶，
还会看到远处的森林……
我绕着云朵儿转圈，
转一圈，又转一圈，
对地上摇摇摆摆的鹅群，
我会越看越好笑：
"你们呀，鹅啊，鹅啊，
你们拖着翅膀满院子转悠，
可飞在高空这美美的滋味，
你们一辈子也尝不到！"

〔英国〕詹·里弗茨

小河在唱什么

小河流呀流向前方，

一路把我们的小船儿摇晃。

小河你在唱什么？

一路像芦笛轻轻吹响。

小船是我们亲爱的家，

小船把我们的家带向远方，

我们的小船儿像摇篮左右摆晃，

夹岸杨柳轻轻抚拂我们的小船。

夜来，我们躺到床上，

小船儿把我们摇进梦乡。

梦中我们依旧晃呀晃呀晃，

小船呀，我们在你怀抱里睡得又甜又香。

从梦中醒来——我们在什么地方？

好像在家里却似乎又不像，

树叶在晨风里沙沙响个不停，

小河呀，还在浪花中歌吟欢唱……

[挪威]海·韦利德内维

夏天

你一定会打心底里喜欢夏天，
没有阴霾的夏天可以一望无边。
谁能忘记这草莓像地毯一样铺展！
谁能忘记这牧草漫山遍野的清香！
白天浴着阳光尽情戏水，
夜晚围着篝火欢声歌唱，
学校里繁忙的功课，
这会儿暂时不用放在心上！

〔美国〕罗·弗罗斯特

放暑假了

放暑假啰！
再见，老师，再见，课本，
在这阳光灿烂的日子里，
我们一口气冲向溪流和草地。

"秋天再见，学校！"
我们穿上短裤和衬衣，
我们轻轻松松奔向田野，
让阳光把我们晒得黝黑黝黑。

在学校里已经用功一年了，
现在我们的教室从城市换到乡间，
现在我们的教室是在山旁河边，
在苹果林里，在和煦的草原。

我们在林荫里，我们在小溪旁，
摆开我们学习的课堂，
晚间，头上有闪烁的星光，
幽暗的夜空是我们的黑板。

〔美国〕海·杰克逊

夏天去到野外

夏天去到野外，
薄荷与青草的香气扑鼻，
粉红的丁香和新刈的料草，
还有温暖潮润的土壤气息。

夏天去到野外，
蜜蜂嗡嗡飞，鸟儿啾啾叫，
密林里嗒嗒嗒嗒——
那是野兽在撒腿奔跑。

夏天去到野外，

相伴的东西很多很多：

有树叶，有贝壳和水，有沙滩，

还有蹦蹦跳的青蛙和溜溜滑的鱼。

夏天去到野外，

能看到许多美丽的东西：

海棠花儿红得鲜鲜艳艳，

还有翩跹在花丛里的蝴蝶。

[俄罗斯] 雅·阿肯姆

过双木桥

两根木头
架过小河，
大家出门回家
都走的是这座双木桥。
河水很深，
深得连底都见不到。
然而没有办法，
我得走过这座双木桥！
姥姥我得赶紧去看看，
今天，我必须到那个

小河对面的村庄。

我给自己壮胆：

"没什么好怕的！"

可是一上桥，

我还是心儿怦怦跳。

我想，过吧，

这两根木头

躺在这里，

架在这小河上，

就是让人从河这边过到河那边。

我鼓足勇气——

过！

就过了桥！

当我回过神，

我已经

哼着小曲儿

走在小河对岸。

〔英国〕阿·米尔恩

为什么我独爱大象

动物园里有梅花鹿，
有双峰高耸的骆驼，
动物园里还有鳄鱼，
还有不停蹿跳的猿猴，
还有熊妈妈和她的崽崽们……
一句话，这里什么动物都有，
可我就独爱大象。

我最想跟大象交朋友。
为什么？我一说你就懂，
"你好！"我对河马说，
"你好！"我对海象说，
可它们都像木头桩子，
压根儿就不理我。

我朝大象走去，
它微笑着连连向我点头，
它问候我："你好！你好！"
我为什么独爱大象？
因为它最懂礼貌。

〔捷克〕韦·奈兹瓦尔

奔向旷野

小朋友，大家跟我来！

跟我奔向草地，

跟我奔向旷野，

跑呀，快跑！

听见空中的风筝在召唤我们了吗？

咱们就乘着风筝，

像搭上鸟儿伸展开的翅膀，

像搭上蒲公英轻轻的花絮，

飞上天去，

去把星星都抹一遍！

所有星星洗亮了，

就从天上下到地面。

那时天该明了，

咱们正好在天亮前

跨进各自的家门。

〔匈牙利〕拉·哈尔什

什么，为什么，怎么样

夏天时，冬天在哪里？

冬天时，夏天在哪里？

天亮时，黑夜在哪里？

夜里，白天的太阳在哪里？

白天，夜里的月亮在哪里？

叶子不动的时候，风在哪里？

为什么河水会不停地流动？

湖是站着不动的水吗？

鱼儿能在空中游吗？

鸟儿能在水中飞吗？

什么，为什么，怎么样？

这些答案谁能告诉我？

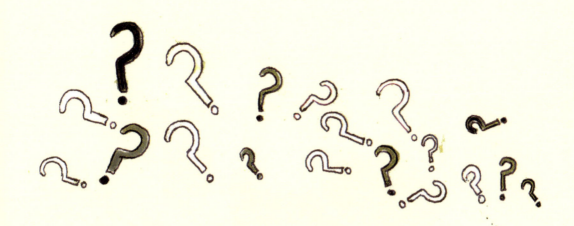

［匈牙利］奥·瓦采吉斯

夏季，冬天住在哪里

夏季，冬天就钻进了衣橱，
爬上了衣架。
皮帽、绒衫、卫生衣，
还有手套和它在一起。

夏季，冬天就躲进了贮藏室，
那里，它和滑冰鞋，
和雪橇、滑雪板，
安静地睡成一堆。

夏季，冬天住进了冷饮店，
和它做伴的有冰糕，
还有巧克力冰激凌。

等到雪花又飞，
冬天抖抖身子，
从衣橱里走出来，
于是夏天躲进贮藏室。

夏天会不会躲进冷饮店？
这我们可就不知道了——
冬天，冷饮店锁着门。

［美国］费希尔

蜘　蛛

我见过一只小蜘蛛，
它的头脑可真聪明。
它能从肚子里纺出一根线线，
接着顺线线滑下来，
吊在空中荡呀荡秋千。

我越看越觉得稀奇，
想着我有一天也能像蜘蛛那样，
从我肚子里纺出一根线线，
悬在空中轻松自在又开心，
整天荡呀荡呀荡秋千。

［美国］谢尔·希尔弗斯坦

谁去把星星擦亮

星星看来是生锈了，

不像早先那样灿烂，

八哥早就在那里连声抱怨，

鸥鸟和鹞鹰也总嫌星光太暗淡，

换新的吧，又哪儿去找新的呢？

喂，谁上去把星星擦擦？

拿上抹布，提上水罐——

总得有人去擦星星，

谁去把星星擦亮？

冰冻的梦

我要把昨晚开心的梦
在冰箱里保存下来。
很远的将来，当我变成
一个老公公，须发全白，
我就取出我冰冻的梦，
给它加热，把它化开，
然后用它来焐我冰冻的脚，
温暖将会从脚趾传入心怀。

[保加利亚] 阿·包塞夫

难　处

玛丽卡上学迟到了，
可这究竟是谁的不好？
她的难处有三条：
第一，我早上起不来，
这得怪被窝把我拽住！
第二，要怪牛奶太烫，
一口两口喝不了！
第三，我总得照照镜子吧，
我的发辫是边走边编的，
到校门口才好容易把它编好！
钟不等我，都怪它，
钟不等我，是钟不好……

一只诗鸟从高空扑下来

庞然罩在了诗人身上，

把他孵成一首首诗章。

［英国］菜·莫哈

母　牛

有时是早晨天刚亮，

有时是正午时光，

一头母牛

会来我家门口站，

它不打一声招呼，

就闷声闷气地问：

　"我这纯鲜牛奶你要不？"

它就那么默默地站着，

短角儿蹭着我家的门框。

[波兰] 叶·斯诺夫斯基

土豆手表

要是用土豆
做成一块手表，
这项发明成本很低很低，
画上去的指针不会走动，
计算时间自然是不行的。
不过明摆着它有一样好处——
你没想到吧，
好处就是不怕贼惦记！

〔英国〕罗·格雷弗斯

南　瓜

你们不会相信，
连我自己也不信这事的的确确，
虽然这是我亲眼所见，
一眼就能看清楚，
南瓜上头有句话，写的是：
"剖开我，吃了我，
我又会长出同样的一个我。"

南瓜上面的话，

我不信，奶奶却深信不疑，

我奶奶很有把握地说：

　"奇迹会出现的，

不过你得等待，

有耐心的人才看得到奇迹。"

果然，有一天早上，

我进到菜园里玩耍，

在成熟的瓜果中间，

我看见了我吃掉的南瓜！

[美国] 谢尔·希尔弗斯坦

如 果

如果我在该长腿脚的地方长了一副轮子，
如果我在该长眼的地方长了两丛大玫瑰，
那我就自个儿滚动着前去举行个人花展，
难说我还能捧回来个金光闪闪的大奖杯。

［美国］谢尔·希尔弗斯坦

我不是蛋！

一只做过许多诗的大鸟，
大得像一轮初升的太阳，
它带着尖利得像犁铧的爪子，
哗啦一下忽然罩到我身上，
我只得在它身下忍受黑暗。
"我不是蛋！我不是蛋！"
我在诗鸟身下连声拼命喊，
然而大诗鸟根本不管。
突然一声爆裂的震响——
我就成了一首首诗篇，
翩翩飞向四面八方。

［美国］谢尔·希尔弗斯坦

狗的生日

按理，生日本该给我
举行一个像样的庆生会，
再不济也该在草坪上
给我来上一块大牛排，
或者放上一根带碎肉的筒骨，
而不是在狗食盆上插根细不拉几的蜡烛，
就算向我表示过生日的祝福。
一盘狗食就抵了一份生日蛋糕，
这也太说不过去了呀！
一条狗的生日，
没人心里真当回事儿啊！

［美国］谢尔·希尔弗斯坦

河马的故事

一头河马心里有很多想法。

它到货摊上去买来厚纸做成了一对大翅膀，

河马要凭纸翅膀飞上终年积雪的高山，

高山上面是飘飞的白云，

高山下面是无边的海洋。

河马的个头

赛过笨重的大象，

咚当，咚当……

它走在小路上。

忽然啪啦一声巨响，

它大块头身躯上

撑开了一对纸翅膀！

呼啦，呼啦，呼啦……
河马拍扇它的那对纸翅膀，
像雄鹰一样高高飞起来，
嚯——看傻了多少人的眼！

[美国] 谢尔·希尔弗斯坦

我脑袋里的蜘蛛

我脑袋里住着一只蜘蛛，
它在我头脑里吐丝结网。
我偶尔有零零星星的想法，
它统统拿去织在网上，
我的伤心事都凝结成了金属片，
一路走，金属片一路轻轻摇响。
就这样的一步一叮当，
无休无止——
一辈子没有个完。

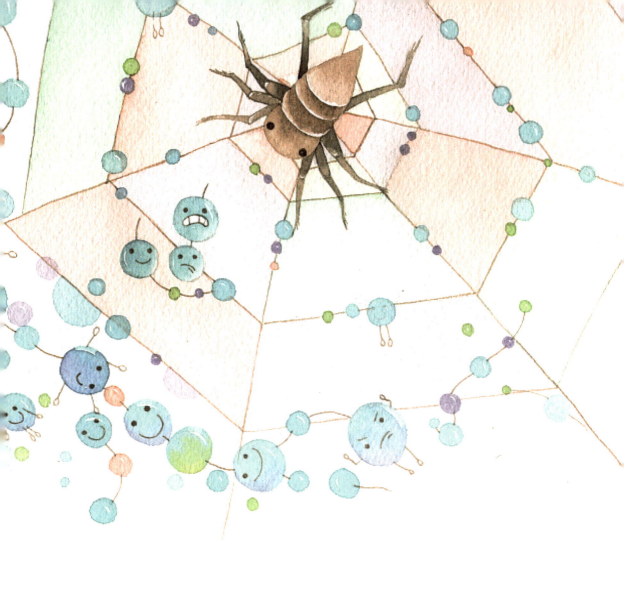

［美国］谢尔·希尔弗斯坦

在黑暗中

我这几行诗，

是在狮子肚子里写的，

因为漆黑一片，

你们可能看不清我的字迹。

我太爱玩了，

结果玩进了狮子肚子里，

这不，我这会儿只能在黑暗中写诗了，

这里不只是黑，

还到处湿叽叽。

［美国］谢尔·希尔弗斯坦

登天的梯子

我曾经有过一架登天梯，
顺着它爬到太阳没问题。
可我觉得太空里太黑太荒凉，
再说空气还冷得要死。
低头看地球那么光光亮亮，
心里还总惦挂我那漂亮的玛妮，
现在我不想再爬上太阳了，
也就用不上那登天的梯子。

丢掉的猫

东找西找，却不知道
我们的猫哪儿去了。
啊呀！它会去哪儿呢？
你们有谁见过我们的猫？
哎，我们倒不如去看看
那顶大礼帽咋会长脚？！

街头风景

爸爸牵着女儿在街上走，
女儿牵着她喜欢的狗妈妈，
狗妈妈嘴里叼着一根牵狗绳，
牵狗绳牢牢拽住它的狗娃娃，
今天这遛狗可有点说不清了——
是人遛狗呢还是狗遛狗？

巨人和老鼠

嘘！安静！听我给你们讲一个故事。

从前有个巨人，大嘴大脸大个儿，

他打了大大一个大哈欠，

他的大嘴里这时蹿进了一只大老鼠。

倒霉的巨人只好去找大夫：

"我吞下了一只老鼠——一只活老鼠！

你行行好，给我想个办法，

你听，老鼠在我肚子里吱吱叫呢……"

那大夫的本事可是天下第一。

他一本正经叫巨人张大嘴，

"啊！张开，张开，再张开！

是活老鼠吗？什么时候的事？

是刚才吗？那你还坐这儿干吗？

还不快去找只活猫一口吞下！"

［古巴］佚　名

猴子，你想成为什么

猴子，你想成为一个
威武的将军，
让所有的人都怕你？
（猴子不说话。）

猴子，你想成为举重运动员，
鼓起双臂的肌肉，
力气赛过海里的鲸鱼？
（猴子不说话。）

猴子，你想成为西班牙斗牛士，

一举轰动全世界，

人人向你跷起大拇指？

（猴子不说话。）

猴子，你想成为足球场上

一个人人瞩目的前锋，

一脚把球踢进球门？

（太想了，太想了，太想了！）

病人在几楼

著名的雅娜大夫，
家里找她的电话最多。
"喂，喂，雅娜大夫，
有个客人嗓子疼得难受。"

"客人？什么客人？
是外国朋友？"
"是啊，是从外国来的，
刚来，来自非洲！"

"好的，我马上去，
快告诉我，你在什么地方？在几楼？"
"几楼？啊……啊……
可能在二楼吧，或许在三楼。"

雅娜大夫觉得奇怪，
"什么什么？到底是几楼？"
"对不起，大夫，
我不知该怎样对你说。
我们这儿是动物园，
一头长颈鹿突然嗓子眼儿疼得厉害，
它站在大楼旁边，
疼处可能在二楼——也可能在三楼。"

二 和 三

谢廖沙上了一年级，
在学校里学会了数数，
能一口气从一数到十！
如今的谢廖沙可是不能小瞧了，
谁见他都得跷大拇指。

儿子到父亲对面坐下，
跟父亲打起了赌：
"你瞧这是两个馅饼，是吧？
可我能证明这馅饼不是两个，
而是三个，信不信由你！

咱们一块来算：

瞧这是一，瞧这是二，

一加二等于三——是三个馅饼不是？"

"好样的，儿子，

馅饼确确实实成了三个！

那么，我要这两个，

那第三个就归你！"

［俄罗斯］玛·勃萝季兹卡

牛奶跑了

牛奶跑了。

跑出了门，

沿着楼梯，

一级一级跳下去，

顺着大街，

一直往前跑，

流淌着，

穿越广场，

绕过岗亭，

蜿蜒爬过长椅下，

溅湿了一位大娘的鞋帮，

这里有两只猫，

正等着喝牛奶呢，

牛奶一吓，

急忙往后退，

飞快地

沿着大街，

气喘吁吁地

一级一级蹦上楼梯，

直钻进了锅里，

呼哧呼哧直喘大气。

妇人赶过来问：

"涨了吗？"

"涨了！"

［亚美尼亚］希·卡普济克扬

果　园

我画了一个果园，
很多很多苹果树，
苹果全红了，熟了，
挂在树上，
让你嘴馋。

我画的是我家的苹果园，
小河边有绿草青青，
有海棠花儿开得鲜艳，
还有一个小小的木头棚棚。

棚子里有一条大狼狗，
日夜看守着果园。
我跟你说，那狗
可不是我随便画画的，
很凶，汪汪汪！
谁要是
想偷偷爬进我们家那果园，
那他就立刻会看见
一条很凶很凶的大狼狗，
大声狂吠着，高高蹦起来，
吓得他一下子尿湿裤裆！

[中国] 韦苇

桂花树下

桂花树下，
这张银灰色的大网，
是蜘蛛扯在这里的，
兜住了高处落下的金黄。

花雨还在纷纷洒落，
摞起一层又一层，
把网直往下坠，
都快坠到了地面。

蜘蛛肚里还有的是亮丝呢，
可网它就只织这么一张。
为什么不一张一张连着织呢，
把桂花接上它几箩筐？

嗨，蜘蛛到底也不是人，
蜘蛛只图个睡梦香香到天亮，
就不会想到拿桂花去酿酒，
开个酒店自己当老板！

［俄罗斯］达·哈尔姆斯

长毛狗和短毛狗

被一条铁链拴着的大长毛狗，

瞪大眼守着眼前面的一根骨头。

不知从哪里来了一只小短毛狗，

深深的皱纹布满它的额头。

"长毛狗，长毛狗，

我来吃你这根骨头。"

短毛狗说着在唇边卷着舌头。

"你休想碰我一点骨屑！"

长毛狗一边凶巴巴地吠叫，

一边冲向挨过来的短毛狗，

它要教训教训这不知天高地厚的贼痞，

短毛狗眼看势头不妙撒腿就跑。

一个逃，一个追，

它们环着柱子转圈，

长毛狗狂怒了，

吼叫声似狮子一般。

铁链拽着长毛狗

绕着柱子叮当叮当直响……

现在长毛狗已经够不到

它眼看到嘴的那根骨头。

短毛狗什么力气也没有花，

就轻轻松松把骨头抢到手。

抢到美味的短毛狗

一番话说得长毛狗气晕了头：

"长毛狗，现在我要跟你说再见了，

你的骨头已经吃不到你的口。

如今一切你都晚了，

你好好一边儿蹲着去吧，

再见——我长毛的朋友！"

［俄罗斯］安·乌萨乔夫

猫 星 球

有一个猫星球，
那里的猫都像人一样生活，
读书，看报，哼哼小曲儿，
牛奶咖啡一杯接一杯地喝。

它们的住宅也很舒适，
偶尔会开上车儿去兜兜风，
它们带上孩子去郊野别墅，
湖边钓鱼是最惬意的事情。

它们还飞到大海那边，
远方那钻石大如拳头。
它们在花坛上种种郁金香，
甚至还养上只巴儿狗。

那星球上住着的猫——
猫公、猫婆和猫崽崽，
想来对这样的日子应该很满意，
可事情还真有说不清的奇怪……

它们的玩具多得玩不过来，
唱片和书本要多少有多少……
什么都有，就没有耗子窜动，
猫过日子，无鼠最是难熬！

[法国] 查·托恩德勒

萤火虫找什么

萤火虫
深夜里提着小灯，
在草丛里找什么？

还能找什么？
小家伙太贪玩，
玩得书包忘在了草丛。

有一回我把鼻子弄丢了——是真的！

可我伸手一摸——它还蹲在我脸中央哩！

〔瑞士〕连·海尔辛格

长长的长蛇

有这么一条长长的长蛇，
它转过脑袋看不到自己的尾巴，
蛇尾如果看到自己的蛇头，
蛇头就准只有星粒儿那么大。

蛇尾巴要见识一下自己的蛇脑袋，
那简直是从克里米亚到西伯利亚。
蛇头已经冻成了一团冰，
蛇尾却还像辫子似的啪啪摔打。

蛇尾在沙发上翻画书，

蛇头早已经蹿过了架在河上的桥……

蛇头一月里发话让蛇尾去弄个烙饼，

结果蛇尾三个月后才知道。

我给蛇头蛇尾安装上了电话，

这下蛇尾的喜讯很快就可以传到蛇头了……

我写诗可千万不能学这条蛇，

诗像长蛇，事情就一定很糟糕！

〔法国〕罗·吉思诺斯

狗鱼旅行家

法兰西有一条狗鱼，

清早起来订了个计划：

"我要游到埃及尼罗河，今天一天。"

它对人家说，

"我要游到非洲刚果河，今天一天⋯⋯

我爱游多远就能游多远，

我想到什么地方旅行，

就能到什么地方旅行。"

"那么游到月亮上，

你也准能行吧？

你回答我们吧，狗鱼，你说呀，

狗鱼吹牛家，

你说呀，你这牙齿尖尖的

狗鱼旅行家！"

［法国］罗·吉思诺斯

蚂　蚁

一只蚂蚁八尺长，
买了顶帽子新崭崭……

"瞎说！你是吹牛大王！"

一只蚂蚁拉了一驾马车，
长长的马车上装满了鸭和鹅。

"瞎编！简直是胡说！"

146

世界各个国家的人
都说这不是真的：

"你吹得奇！你吹得奇！"

可是，要是世上
真有这么一只蚂蚁呢？

［捷克］弗·赫鲁宾

公主丢了珊瑚项链

在宫廷花园的舞会上，

公主丢失了一串珊瑚项链。

国王对丢失的宝贝非常心疼，

立即给宫廷差役下了一道命令：

"千方百计你得给我找回那珊瑚项链，

找不回它你就提脑袋来见。"

差役立马出发直奔土豆地，

他刨出了土豆满满两靴子，

兴冲冲扛回宫里向国王报喜：

"公主的珊瑚珠儿

散落到地里就立刻生根发芽，

不多工夫就长得这么大大的！"

[美国] 奥·奈什

日 本 人

日本人讲究礼数真是天生！

每每相见总是弯腰躬身。

要是在花园里和你相见，

"见到您我非常高兴！"

同时来个弯腰躬身。

他带家眷到公园又遇见你，

自然又是两人一起向你弯腰躬身。

日本人的鞠躬致意，

百次千次从不嫌厌烦。

礼数得这样讲究吗——

这可是在我们的花园呀！

[英国]阿·科尔杜埃尔

经线和纬线

威利又矮又胖，

汤米又高又瘦，

泰吉看看威利，又看看汤米，

一时拿不定主意，

自己该长得高瘦呢还是长得矮胖？

学威利就该像纬线从东延扯到西，

学汤米就该像经线从北拉长到南。

［俄罗斯］雅·阿肯姆

皮毛大衣

天正热得厉害呢，
妈妈带我去买皮毛大衣：
　"冬天那会儿你好穿着上学。
　你看野兽一入冬就都毛茸茸的。"

妈妈"唉"的一声叹了口气：

"我的孩子还得再长大些哩。

我感觉，这大衣

我儿子穿着会嫌大嫌肥。"

"不，"售货员说话了，

"冬天着实还早哩。

到冬天上学那会儿，

你孩子会长好多身个儿。"

我站到穿衣镜前一瞅，

简直不敢相信我自己的眼睛，

穿衣镜前站的哪里有我呀，

分明只有一头胖乎乎的狗熊。

〔俄罗斯〕格·格拉乌宾

自以为了不起的狗

狗总有许多事情要忙。
一辆大卡车驶过，
它生气得汪汪大叫，
飞蹿过去追那奔驶的车。

它在大路上没命地追赶，
卡车跑得当然比它快，
"溜了！"狗得意自己吓坏了车子，
"我料它以后不敢再来！"

〔比利时〕莫·卡莱姆

老丢东西

星期天，我的小狗丢了，

一只小花狗……在人群里说没就没了，

星期三，妈妈的顶针不晓得让我玩哪儿去了，

星期四，我的相册怎么也找不到了，

星期五，我把家门的钥匙忘什么地方了，

妈妈对我说：

"明天你会不会把自己给弄丢了？"

的确也是说不见就不见，

我心疼的是那块新手绢，

记得放口袋里的却没了！

我老丢东西，

有一回我把鼻子弄丢了，真的！

可到头来我伸手一摸，

嗨——它稳稳蹲在我脸中央呢！

［法国］让·L－莫洛

帮妹妹

"儿子，今天怎么跑得这样快？"
"爸爸，我去帮妹妹！"
"帮妹妹，我的儿子，好样的，
这次你从妈妈那里能挣多少？"
"不多，十块巧克力！"

〔美国〕约·恰尔季

肚 子 疼

昨天
我碰上蒂克，
他的神色一看就不对头。
他对我嘟哝一声"你好"，
眼泪就哗啦啦下来了。
他说：
我肚子疼得厉害，
我活不过今天了，
明儿个一早，
山雀就会飞来，
蹲到我墓碑上
叽叽喳喳又唱又跳。

昨天我身体还挺棒的，

还捶过小弟弟一拳。

午餐，

我吃了一盘冷牛肉，

一盘烩鱼，

一只鸡腿，

六个蛋，

八片熏肉，

一杯冰激凌，

接着

喝了一罐牛奶咖啡。

到晚上我就不对劲了，

夜里肚子就疼得说不出话，

我实在受不了，

站不直身子，

就这样缩下去，

就这样弯下去，

就这样躬下去，

四十次，不会少。

今天早上，

我决定自己治肚子疼。

我吃了一片抹了芥末泥的火腿，

可肚子还疼。

我又吃了一块蘸过药酱的鸭脯，

可肚子还是疼得不行。

我又喝了一大杯牛奶。

我这，哎呀，

眼看就得完蛋了！

肚子直往死里疼。

我不知道

该再吃些什么，

我的肚子

才能不疼？

[俄罗斯] 玛·勃萝季兹卡

小狗熊上学

到四月好几了,
小狗熊才醒过来,
迷迷瞪瞪赶到学校。
头一堂课碰上写作文,
他拿起笔来写道:
"都怪我睡得太沉,
睡过头了,
寒假过完,
我爸我妈也不来喊我一声。"

［意大利］姜·罗达里

谁的月亮

"我问你，基辅那月亮，
跟咱们罗马的月亮一样好看吗？"
"嗨，那想必是基辅人
拿咱们的月亮去往他们天上挂；
也或许是，你在基辅见到的那个月亮，
是咱们罗马月亮的小妹妹吧……"

这时月亮说话了，
"你以为月亮是你罗马人的睡帽？
不是的！我的照耀没有国界，
所有的人我都一样照耀。
我明亮的光辉既给巴黎，
也给上海和开罗。
我到古巴到突尼斯，
从来不带出国护照！"

［意大利］姜·罗达里

威尼斯河湾

河湾上有座古桥，

河湾上有个月亮，

河湾里有座古桥，

河湾里有个月亮。

一模一样的古桥，

一模一样的月亮。

究竟哪座是真古桥？

究竟哪个是真月亮？

〔以色列〕奥·德里茨

藏

树根埋藏在
泥土里。
火种埋藏在
炭灰里。

橡实包藏在
坚硬的果壳里。
蛋黄包藏在
脆薄的蛋壳里。

珍珠藏在贝蚌里，
鱼儿藏在深水里。
只有愚蠢这东西
是想藏也藏不住的。

[英国] 罗·斯蒂文森

大象和朱鹭

顽皮的大象伸过来长长的粗鼻子，

想要摘朱鹭头上那顶漂亮的大红帽，

这根号筒一样的象鼻太可怕了，

谁瞧一眼都会心惊肉跳。

哪承想，朱鹭长着尖嘴呢，

笃笃笃，大象立刻就受不了——

不好惹，不好惹，还是赶快逃！

〔俄罗斯〕柯·楚科夫斯基

食人妖

有人给了莫拉小姑娘一支铅笔，
莫拉这丫头就在练习本上画开了：
"这是满身长刺刺的豪猪，
这是尖角长长的山羊，
这是满脸大胡子的叔叔……"
"那么，这，你画的是啥——
长着五双脚，
长着十只角？
怪怪的，看不明白这家伙是谁。"

"这是食人妖，

咔嚓一下，

你的脑袋就不见了！"

"你要画到哪年哪月

才不在练习本上画呢？"

"到我自己看着都吓一跳！"

〔俄罗斯〕柯·楚科夫斯基

瓢虫卖大头针

两只瓢虫
蹲在水沟边，
向刺猬兜售大头针。

刺猬们哈哈大笑，
笑得合不拢嘴巴：
"你们可真是蠢到家了！
你们睁开双眼看看，
大头针就插满我们全身哪！"

［俄罗斯］柯·楚科夫斯基

石头伸开四只脚

两只青蛙到沼泽还有许多路哩，
两只青蛙到沼泽得费好大劲哩。

"瞧，路边有一块光溜溜的石头，
咱们坐上一会儿——正好歇歇脚！"

两只青蛙朋友把包袱搁在石头上：
"躺上一阵歇歇脚养养神！"

突然石头伸开四只脚，
站起来把青蛙朋友载着跑。

他们吓得齐声大叫起来：
"这是什么？
这是
　　乌
　　　龟！"

［德国］杰·克吕斯

猫和沙丁鱼

猫站在河边，

沙丁鱼游在河里。

"哎，猫，咱们换换，

我上岸去逮老鼠，

你下河来捉鱼，

那样咱们就各自都会

品尝到新鲜可口的美味。"

猫瞪了沙丁鱼一眼

一声不吭管自走开了——

这猫，它可不是傻蛋！

［英国］伊·奥伦

影　子

什么都有影子，

山有影子，皮球有影子，鸡有影子，

所有地上跑的、地上长的都有影子，

就只影子没有影子。

［英国］伊·奥伦

得多少药啊？

我问你们，
你们给我说说：
要是大象
得病了，
该往它的长鼻子里
滴多少药？
又哪里去给大象
找这么多治病的药水呀？
这样的问题，孩子们，
你们当中谁能够回答？

〔比利时〕莫·卡莱姆

变色龙

变色龙，变色龙，

一会儿通身黄，像个柠檬，

一会儿通身绿，像根青葱，

一会儿又灰不溜秋像条鼠色的爬虫。

变色龙总也想不定

什么颜色最适合自己。

它想啊想啊已经想了一千年，

它还会再想几千年——

几千年它也想不定个准主意。

［波兰］扬·勃热霍瓦

小狗最大的苦恼

谁没有苦恼？

只是小狗的苦恼没人知道。

小狗的苦恼不只在老猫总要抓扒它，

也不只在邻居动不动就随意踢它一脚，

也不只在跑路跟不上自己的主人。

小狗最大的苦恼

是天上不掉香肠，

不掉香肠倒也罢了，

唉——连骨头也不掉一根！

让善良像苹果，

甜甜的，

挂满人间。

〔英国〕詹·里弗茨

美丽的东西最值得我回想

玫瑰、金凤和海棠花，

在春天的草丛中

燃成了红色的星星。

樱草、蔷薇和金银花，

在辽阔的原野

撒上了点点碎银。

在寂寥的十一月，

在灰暗的十二月，

春日的美丽我总会天天回想。

［比利时］莫·卡莱姆

善良

要是苹果只有一个，

它准装不满大家的提篮。

要是苹果树只有一棵，

挂苹果的树杈准覆不满整个果园。

然而一个人，要是他把

心灵的善良分撒给大家，

那就到处都会有明丽的光，

就像甜甜的果儿挂满了果园。

［塞尔维亚］杜·拉多维奇

要是旁边有人在哭

要是旁边有人在哭，
眼泪一串串往下掉，
你得过去
问问他："为什么？"
孩子，这是你应该做的，
任孤人独自哭泣你心里不好过。

［美国］谢尔·希尔弗斯坦

多少，究竟多少

一道门究竟能开多少次？

"那要看你关几次门。"

一块面包究竟能切多少片？

"那要看你怎么切法。"

日子究竟能过得好到什么样子？

"那要看你怎么个过法。"

我究竟能有几个靠谱的朋友？

"那要看你拿出多少真情去相处。"

199

［捷克］弗·赫鲁宾

环舞

小山羊动不动就斗角，
可为什么不用脚去舞蹈？
瞧小姑娘们就不像山羊，
手拉起手蹦蹦又跳跳。

小山羊动不动就斗角，
踩折了花又糟蹋了青草，
看小姑娘们围成一个圈，
把舞跳得欢快又热闹。

[俄罗斯] 尤·别鲁索娃

友谊之歌

太阳和风相伴，
露珠和草相伴，
花和蝴蝶相伴，
我和你相伴。

要习惯于跟朋友分享，

有好东西各取一半，

若是跟朋友争抢，

友情一准跑得光光！

友谊是贵重的珍宝，

友谊是阳光从窗口照进来；

只有朋友才会听你倾吐心事，

只有朋友不会在你着难时走开。

但不是每个人都知道，

友谊可以从哪里得到。

会和朋友分享苦乐的人，

才能有人和你同哭同笑。

在生命的长路上，

若是没有朋友相伴，

那你的生命就只能叫活着，

有友情，人才能活得安详。

〔美国〕多·休斯

猴子和大象

大象下水过河，
一群猴子跑过来，
有的攀着大象的耳朵，
有的爬上了大象的背脊，
有的爬上了大象的脑袋，
大象笑眯眯的，
把小家伙们统统载过了河。

猴子们笑着说：
"个子大，个子小，
碍不着我们交朋友！"

〔摩尔多瓦〕勃·沙霍杰尔

谁最好看？

小娃娃最爱
问这样问那样。
有一回，
娃娃们问我：
"爸爸，你倒是说说看，
谁最好看？"
我一下答不上来，
就让世上的所有
自己来说什么最好看。
树木和青草的答案是：
"还能有什么最好看——
应该就是阳光
洒在开花的草地上！"

"黑夜最好看，
没一样东西有黑夜好看。"
这是猫头鹰和鼹鼠的答案。
"森林最好看！"
狐狸和狼的答案是这样。
鹞鹰从高空
懒洋洋地传来它的回答：
"天空！"
"依我说，是海洋！"
海豚在水里讲。
"都别争，我的尾巴最好看！"
孔雀叫了起来。
若去问蝴蝶呢，
那当然是说"花朵最好看"，
而去问花呢，
花又当然是说"蝴蝶最好看"。
什么能有田野好看！

什么能有北极的冰原好看！
什么能有草原好看！
什么能有闪烁的星星好看！……
而叫我来说，
大家说得都对，都妥当。
野兽和林鸟，
树木和青草……
没有一样不好看！
哟，世上最难回答的问题
就是"什么最好看"。

〔意大利〕姜·罗达里

得要什么

做一张桌子，
得要木料。

木料哪儿来？
得要大树。

大树哪儿来？　　　　　果实哪儿来？
得要种子。　　　　　　得要花朵。

种子哪儿来？　　　　　做一张桌子，
得要果实。　　　　　　得要一朵花。

橡　树

寒风呼呼吹，冷雨哗哗下，
橡树稳稳的，压根儿就什么也不怕，
是呀，有谁见过橡树感冒的呀——
连声咳嗽，鼻水淌得滴滴答。

萤火虫

龙茅草一枯朽，
就飞出来萤火虫，
它提着一盏小灯，
在黑夜里亮亮闪闪。

它停落在藤条上，
随着藤条左右摇晃，
整个儿暗夜都像在神秘童话中，
夜空中播散出点点线线的绿光。

虽然你个儿小不点点，
但是你的飞翔总是带着不灭的光。
飞吧，发光吧，你小不点点，
只要活着，你的生命就发光。

［俄罗斯］盖·拉东希科夫

没工夫无聊

蹲在花上的蜜蜂
把嘴伸进了花朵。
一只蚊子飞来，
"你找什么呀？"
"花蜜！"
"你一天就这么东找西找，
不觉得无聊吗？"
"不觉得呀！
忙还忙不过来呢，
哪有工夫无聊？"

[美国]托·艾莉奥特

聪明的猫头鹰

老橡树树洞里有一只猫头鹰，
它紧闭着自己的双眼，
样子像是睡得很沉。
其实它是在听远近的响动。
它不搭理我们，
为的是听得更专心。
咱们就都学学猫头鹰吧——
少说，多看，多听。

小瞪羚羊

我在沙丘上逮住了你，
我们把你拴在院子里，
小瞪羚羊，咱们做朋友吧，
咱们今后就生活在一起。
你没有朋友不孤单吗？
咱们交个朋友不好吗？
我拿草喂你，
你把头从东晃到西，
我拿水给你喝，
你压根儿就不搭理；
不吃草，
不喝水，
小家伙，我可拿你怎么办呢？

"放我出去，
沙丘，才是我生活的天地！"

候 鸟

[瑞士]埃·泰格奈尔

当太阳的光焰越晒越烈，
尼罗河畔的棕榈树影婆娑，
我们就开始想念远方那家乡——
想念北方！
想念北方！
想念北方的大海，
想念北方的草地，
想念狂风掠过草地的日子，
我们被飓风卷刮到一起，
聚成黑压压的一片乌云。

高高的群山间草地一片一片，
温暖的阳光柔柔地照耀着我们，
我们把鸟蛋安放在青青的草丛中，
空旷的地面上我们什么都不用担心。

这儿倒是从来没有猎人，
但是严寒很快就会返回到北方，
当静静飘飞的雪花盖上我们的鸟蛋，
我们又不由得开始想念温煦的南方。

我们想念高高插进蓝天的棕榈，

我们想念南方暖洋洋的海浪，

但是才在恒河畔落下我们的双脚，

我们很快又开始想念北方的绿茵。

〔阿根廷〕阿·华利尼

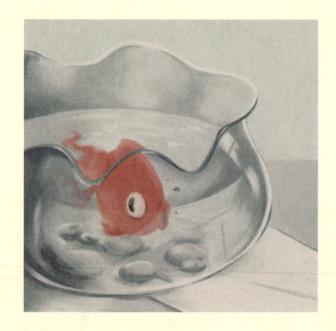

金 鱼

金鱼囚在水晶缸里，
它的苦闷没人知晓。
往哪儿游都是碰壁，
世界多彩的模样它看不到——
天空是什么样的，
金鱼已经记不起。

还有星星和月亮，

它也已经没印象。

杨柳美丽的垂挂，

秋天满山的红染，

还有小河淙淙的流淌，

金鱼都已经日渐淡忘。

蟋蟀夜间唧唧的鸣叫，

在金鱼心中也渐渐模糊了。

金鱼的苦闷、寂寞和痛苦，

永远也找不到谁诉说！

在水晶缸里囚禁的金鱼，

一生都只能游转在牢狱里。

［捷克］弗·赫鲁宾

眼　泪

谁要哭谁哭去吧，

我倒不哭。

那玩意儿我不喜欢。

我还为哭鼻子的小朋友感到可惜呢！

因为漾着泪水的眼睛看不见太阳。

写给自己的诗